詩集

更地

水島美津江

土曜美術社出版販売

詩集　更地＊目次

装幀／司　修

詩集

更地

I

父の祈り

幽かなものが幽かに年月を渡ってきた
灯りを消し目を瞑ると
細く長い影がぼんやりと揺れている

幼き日父が立ちあげた町工場は
油臭い匂いがして
ガタ　ガタ　と機械音が時を刻んでいた
帰りの遅い親を待ちきれない幼子《おさなご》は
父の机の横で寝入っていた

やがて
仕事の火照《ほて》りを落とした男は
幼子を背負い家の灯《あか》りの方へと帰って行った

東京　仙台　シンガポールと工場が移り
眩《め》ま苦しく繁栄と変化を繰り返しながら
「ショウヒ」社会は綻びはじめ
いつしか町工場は跡かたも無くなっていた

私はどう生きて来たのだろうか
「団塊」の世代に生まれ
無意味な競争に負けて
　持て余し
行き着く果ては反体制の溜まり場だった

その時も父は私に寄り添い
赤い集いの片隅にじっと座っていた
　　　　　　　　　　と　言う

不確かで途方もない革命を
　熱を帯び　群れて
　　追い続けていた

一端の活動家にもなれず
醒めては
　　　ただの漂泊者にすぎなかった

恋人はいつも脛に傷を持っている男ばかりで
恋が成就するはずもなく

確かなものと言えるのは
　いつも見えない流域にあって
　　寡黙な父の祈りだった

うすい日めくりを残し
剝がしては
　なおもうすくなっていく生の中で

いつまでも
ガタ　ガタ　と胸に響いてくる
あの油臭く活気に溢れた
「ショウワ」が　揺れている

坂道

暮れなずむ空の下で
長閑《のどか》な時間《とき》を持て余していた

波の白い腕が幾つかの浮遊物を抱いて揺蕩《たゆた》い
宿ガニたちは生臭い殻を脱ぎ捨てて
銀色の砂原を急いで走っていった……

一頻《ひとしき》り
　くったくのない小さな鳥が

ちぃ　ちぃ　と啼《な》いて
遥かな時代へと飛んでいく

そう　あの時代「セイチョウ」ばかりを強いられて　誰もが
懸命に急坂を上っていたネ

白い壁に囲まれて綺麗なオフィスで
余り乗り気のしないデスクワークに
時間を売りながら日を終えていた

淡々とした一日を躊躇《とまど》い受け入れられなかった友が灰色のタワーマンションから夜の坂へ舞い降りた日は雪が降っていた……

都会の雪は
　その白さに自身を問いながら
　焦《ほて》ったアスファルトの上で
　　すぐさま溶けて消えてしまった

何をしてきたのだろうか
浪人という敗者を背負い
神保町を彷徨い続けていた日々

蒼褪《ざ》めて
佇み

夕焼けは
過ぎ去った歳月を染めながら
冷たく口籠りなにも答えてはくれなかった

喪失

季節の始まりのような
うすい藤色の小雨が降っている

列車の遮断機の警報が
冷え冷えとした線路上を
赤く響き渡っていく

風は高い建物を巻き込みながら
奔放に吹き遊《すさ》んで青春の擬《しこり》を
撫でていく

何の予兆もなくやって来た禍に
トリアージをも拒んで旅立ってしまった人よ

安保闘争の
火照った街角でさりげなく別れた人よ

長い歳月の隔たりに
告げられなかった愛の弁明は
もう　何処にも辿り着くことはないだろう

人生はあまりにも軽く過ぎ去り
死はあまりにも重たい

大都会の賑やかな通りの
薄暗いカフェの窓辺の影に
贖《あがな》うことのできない愛着が漂っている

雪の疼き

人は
幾つもの曲がり角を辿って
やがては途絶えてしまうような細い道の上に佇んでいた

華やかな夢の途中で
男は黒い木々の背中を縫って
暗闇の奥へと消え失せてしまった

わたしのこころの中に
精一杯の愛を灯したままで……

もう記憶の中でしか会えなくなってしまった人よ
人の命を救う医者なのに自死するなんて
阿呆だょ

森からやってくる酷薄な風は
もはや何も抗うことはできない

家々を巻いて沸き上がり
ぼんやりとした外灯が
微かに雪の疼きを溶かしている

わたしは
なんの変わりばえもしない部屋の隅で
なだらかな猫の背を力なく撫でている

こころよく眠っている
猫は何も知らない

Ⅱ

スマートフォンの中からの

灰色の集合住宅の建物
爆撃されてがらんとした部屋の
崩れ落ちかけた白い壁に
　三人の家族写真が微笑んでいる

燦燦と輝いていた庭に
ある日　突然
戦火の風が走りぬけて
真っ赤に咲き誇っていた薔薇が
　幾つもの花房を揺らしながら
　いちまい　いちまいずつ
生きた証を茶色に染め朽ち落ちていった

街の外れの
細く長い農道のへこんだ白い轍のむこうに
抗いようもない死の影があって

赤子を抱いて佇んでいる青い瞳の奥で
冬空はどこまでも黒く
非在の人を待ちつづけている

風のむこうには
風ばかりが吹きぬけて

すべてを瓦解させてゆく
終わりの見えない非日常に

暖かな部屋に包まれた日常のなかで
やるかたない憶いを馳せながら
スマートフォンの中の戦争を眺めている私
　詩人なんて!!

ウクライナの空

かたむく北の国の
惨たらしい侵攻が
長い歴史の中で美しく生き続けてきた城塞を突き破り
散り　散り　になった破片が
　真っ白い雪の路上に黒い斑点を残していた……

容赦なき暴力に
逝ってしまった人々の
　薄墨色の影が
大きな古木の後ろでじっと潜んでいる

わたしたちの
紡いだひそやかな祈りが
淡いひかりに晒されながら
　遥かな戦場へと届くだろうか……

迷彩服を纏った人よ
　逃げ惑い
　親から逸れてしまった幼子の泣き声が
　　聞こえるだろうか……

こんもりとした深い森の中で戦いは冷たく籠り
　刻一刻と瓦解をしつづけ
　　決して春に向かう歩みではない

凍える微笑を浮かべた虚空は黒く強張り
　じっと大地を見据えている
変わり果てた市街地の
柔らかな雪の上に残されたものは
　もう　何も　無かった
　　燻ぶり続ける瓦礫のほかは……

黄昏時はいつでも

エントランスのガラスの前に
幽《かそけ》き車椅子がじっと外を見ていた
時折生暖かい世俗の風がドアを叩いて

中庭の向日葵の花弁のなかで
通りすがりの雨に濡れた揚羽蝶が
　優雅に身を細めて立っている

わたしは机の上で
読み手のいない物語を編みながら
まだ生き残る理由などを白白と問うている

薄紅色の陽がゆっくりと
　白い建物の窓を染めて滑り出す頃

淡々と受け入れている日常の人気のない広間は
トラベルケースを引き摺りながらやってくる紳士や
黒や茶色のトートバッグを大切に抱えた婦人たちが
次々とやって来て
大テーブルの周りは一時の賑わいを奏でている

夕暮れ時は
いつも決まって
孤独な住民たちの心がざわめいて
華奢な体で船を漕ぎだすのだ
過去へと繋がる流域へと……

太陽の光冠《コロナ》

噎せ返るような真夏の競技場の
　金属音を放った打球が
快い夢ちりばめながら宙を舞っていく

白球はどんどんと勢いを増し
声援が聞こえてこない観客席の間に
飛び跳ねて　トン　トン　と転げ落ちた

一升ごとを空けた国技館で
横綱　大関は　睨み合って
行司の軍配が翻り
マッタ　ナシ　　の声が
短い余韻を切って
誰もいない会場に響き渡っていく……

家人はテレワークのデスクの上の

部屋から覗く校庭の
紅いシーソーが生暖かい風に揺られて
　　危ういバランスをとっている

はしゃぐことも　じゃれあうことも禁じられた子らは
　　何処かに幽閉されていってしまったらしい

あたり前だった日常が
　　ピタリと　止まって
疑わしい来訪者にドアを堅く閉ざしている

グローバリズムの時は移ろうとして
人影が消えた都市に国の威信が問われ
雨ばかりの鬱鬱とした日々
声を潜めた街の　物　金　人　の流れが絶たれて
細く長い街頭の灯が
　　うすぼんやりとした未来を照らし出していた
救急車のサイレンが急いで通り過ぎて

防疫の厚いカーテンを欺いて　君は
容赦のない握手を求めにやってくる……

Ⅲ

時代

（夏のわかれ）

夏の炎は遠く
あの友は旅立って逝った
記憶よりも遥かに大きな余白を残して

逝ってしまった人との距離を測れば
生きていた時よりも近づいた気がして……

変革と競うことしか教えられなかった団塊の世代に
　懸命に働き　飲んで
そして詩を書き生きてきた

社会の動きが早期退職を迫った時
「まだ働けるのに」
　淡々と受け入れ
成長社会に反抗するでもない
強い男の流儀だった

背広が良く似合う企業戦士の死は
　高度成長社会を作ったひとつの時代の終わりでもあった

幾多の柵《しがらみ》から放たれて
もはや手の届かない流域《ところ》で
きっと　詩を書いているに違いない
いや　もう詩など書かなくてもいいんですよ

あかあかと

細ったショウヒ社会の夢の跡
都会は円形ビルの長い影を引いて
うっすらと夏の匂いを残していた

鈍色《にびいろ》の喧騒のなか
緻密に　仕組まれた鉄骨の螺旋上を
優雅な尻を揺らして
　　黄色いバスが走っていった

やがて
高層ビル群の随《まにま》にゆっくりと陽が沈み

鎮まりかえったオフィスの中で
組織の冷たい指先で
　へし折られた眠れない夢が

小さな仄暗《うすぐら》いビルの片隅で
いつまでも
　あか　あか　と揺蕩《たゆた》っている

鬱鬱として

幽閉されて
　なか　なか　暮れない夕暮れ
庭の葉が絡み合いながら舞っていく

寄せ集められた枯れ葉ばかりの焚き火
　ふわ　ふわ　と寄る辺のない焔が
　　生き残る時間を燻らせている

乾いた風に乗って
漂鳥が濡れそぼった羽毛を押し開いて
澄みきった空を揺蕩《たゆた》い
封鎖された国境のほうへ羽ばたいていった

昨日《きのう》

私の青春を彩ったあの人が
誰にも看取られずに
流行病《はやりやまい》で逝った

想い戸惑って言いそびれていた愛のことばが
私の中で小さくなるどころか
蒼い焔となって大きく揺れている
過ぎ去った瞬《とき》を呼び戻すことは出来ない

命をこえ
「けいざい」ばかりを見つめている国の
　冬の終わりはまだ遠いのだろうか

鬱鬱として
　　時が逝くのを
　　　じっと待っている……

哀惜の人

薄墨色の巣ごもりの長い一日
あざやかなパズルを弄っている

不定形に刻まれた幾つもの断片を
未完の左右に操って　ひだり斜めの
滲んだひとつの影を満たすために

探し　まさぐって
　押しあててみる

ぽっかりと空いた盤上に
幾年月も癒えない愛着を
細った人指し指と親指に挟んで

幾度も
いくども
移し替えても

埋まらない
埋められない愛の変遷

落日があかあかと　白い盤上を滑って
夏の終わりを告げるチャイムに
貫かれるように
ピタリと　おさまったジグソーパズルの
ひまわりの群れのなかにあなたは
儚く溶けて逝ってしまった……

わたしの好きな
薬の匂いがする
白衣の裾を翻して……

Ⅳ

擬死

何処からともなく
どうやって来たのだろうか
細い山道を急いで走っている小さな虫の背に
引き寄せられて
悪戯な指が触れる

その先で
一瞬　戸惑い釘付けされた身体を翻して
辿って来た道に　仰向けに反り返り
六本の脚を胸元に畳み込んで
全く　動かなくなった
疑《いかが》わしい人差し指を嘲笑って
何事も無かったように
飛べない虫は

辺りの隙を感じ取って起き上がり
チップが敷かれた道を素早く駆け抜けて
新緑の随に溶けて見えなくなった

硬く棒状になったいのち
生き残る為の戦略のフリーズなのか
　見事な演出に
　　もはや打つ手はなかった

暗闇の森のむこうには
鮮やかな陽が注いで
青臭い匂いが穏やかに漂い
幾つもの限りある命が
時間の流れに沿って渡っていく

宿命

瞬く間に熱い夏が過ぎ
風が連れ去った焦《ほて》りが微かに残っている無辺の窓で
戻り道のない人生の終わりを感じながら
連なりやってくる流動《うごき》を観ていた

ひた　ひた　と　満ちて　畝《うね》り
　寄せてくる波の隨に
まだ何かを見つけ続けようとしているのか
　なんと強欲なことよ

幾重にも重なり
走ってきては衝突して

崩れていく
崩れる事が永劫の宿命であるかのように
ぶつかり合った痛みなど疾《と》うに忘れて
幾億光年と　限りなく　続く
銀色のくりかえし
捲かれていった青い頁が織り畳まれて

ただ　白い泡沫となって
　やがては消え失せていく

わたしもまた
うっすらな紙の上で
疼く憶いを言葉に代えて
　虚しく　積み重ねては
　　壊していく
　　　──生き残る時間の中で──

稲の切株

ひとしきり騒いだ季節が去って
赤や黄色い葉たちの掌が
仄暗い窓辺のむこうで舞っている

落ち葉が散り敷いた道を踏んでいくと
索漠とした田園に
ぼんやりと白い霧が降りてきて
歳月を記憶している大木の瞳が
　空を仰ぎひとつの星を探している

遠くの畑で
切り取られた黄色の稲の切り株が
風に晒されて　　痛んでいる

更地

佇めば
私を引きずり込む家があった
もう　其処《そこ》には一族のだれも住んでいなかった
たったひとり　私だけが生き残り
語りかける人も　いない

踏み入れれば鈍色のカーテンが開いて
父の笑い声や
惜しみなく与えてくれた母の愛に満ちた
日常の途方もない轍が巡ってくる

ある日
業のようなセイシン病に煽られた家は
激しい諍いの後
ちり　ぢりに瓦解していった……

北の部屋の
机の上の日記帳に
　白い余白を残して

どれ程の年月が過ぎ去っていったのだろうか
わたしは忘れられた老人になって
夕映えの更地を眺めて

日記帳の余白を埋めようとするけど
未来を持てなかった余白は
寄る辺もない余白であって
「永遠の余白」でしかなかった

ひかりと風に晒されて
剝がされた漆黒の土地に

今も　さら　さらと歳月だけが積もっていく

著者略歴

水島美津江（みずしま・みつえ）

アルチュール・ランボーに触発されて詩を書き始め、「砂」「地球」をへて 1995年個人誌「波」を創刊。現在「地平線」同人。

詩　集　　1976年『蒼ざめた海』
　　　　　1991年『ブラウバッハの花火祭』
　　　　　1998年『白い針ねずみ』
　　　　　2005年『冬の七夕』第39回小熊秀雄賞
　　　　　2019年『冬の蟬』

現住所　〒353-0005　埼玉県志木市幸町 3-22-7

詩集 更地《さらち》

発　行　二〇二三年十二月二十五日

著　者　水島美津江

装　幀　司　修

発行者　高木祐子

発行所　土曜美術社出版販売

〒162-0813　東京都新宿区東五軒町三—一〇

電　話　〇三—五二二九—〇七三〇

FAX　〇三—五二二九—〇七三二

振　替　〇〇一六〇—九—七五六九〇九

印刷・製本　モリモト印刷

ISBN978-4-8120-2817-9　C0092